Twinkle Twinkle Little Star

Kate Toms

make believe ideas

Twinkle, twinkle,
little **star**,
How I wonder
what **you** are,

You **shine** above
the **world** so high,
Like a **lightbulb**
in the **sky**.

I'd love to catch you in my net...

and keep you as a special pet!

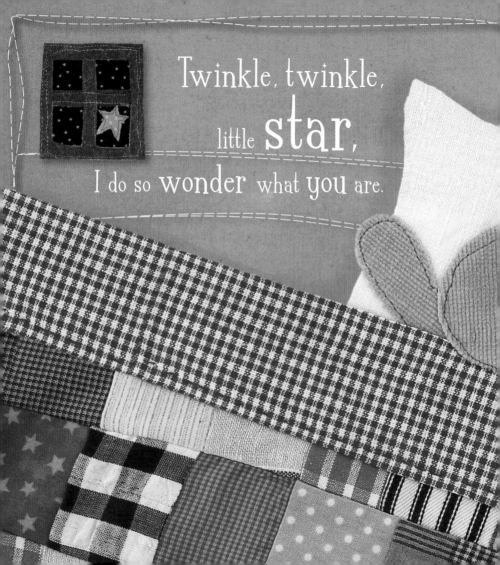

Twinkle, twinkle,
little **star**,
I do so **wonder** what **you** are.

When snuggled up in bed at night,

Cozy, warm, and tucked up tight,

I dream that I can fly
a rocket...
5 4 3 2
and gather stardust in my pocket.

Twinkle, twinkle little **star**, How I wonder what **you** are.

Does a **man** live on the **moon?**

And if the moon

Yummy!

is made of cheese,

Will you save some for me, please?

Twinkle, twinkle, little star,

What do you see from afar?

Hello!

Hola!

Are there **mice** just like me
Living way **across** the **sea?**

Guten Tag!

Bonjour!

Ciao!

Are there **stars**
for us **all** up there?

All mine!

Wheeeeee!

Jump!

Or do some folks have to share?

Twinkle, twinkle,

little star,

How I wonder

what you are!

When the sky

grows dark at night,

I wish and wish

with all my might,

That you would look down
on my house,
And grant one thing
for this small mouse.

And see the world the way you do.

Twinkle, twinkle, little **star**,
How I wonder what **you** are.

When it's time to **climb** the **stairs**,

To **brush** my **teeth**
and say my **prayers,**

Through my **window** I can see,

That you are **smiling** down on me.

Twinkle, twinkle, little **star**,
How I wonder
what **you** are,

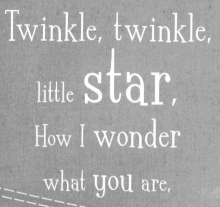